Noah Fakier

Die schönsten Männerakte 2020

18 Zeichnungen

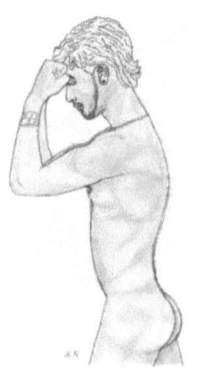

Danksagung

Vor zwei Jahren habe ich begonnen zu zeichnen. Ich wollte meine Bücher mit Zeichnungen bereichern. Da ich niemand fand, der das für mich tat, habe ich selber damit angefangen. Von Anfang an hat es mich, wie das Schreiben auch, gefesselt. Als ich dann die ersten Zeichnungen fertig hatte, habe ich sie Freunden und Verwandten gezeigt und war überrascht. Mit so einem großen Zuspruch hatte ich nicht gerechnet. Das hat mich motiviert, weiter zu machen, und besser zu werden. Heute stelle ich nun die Zeichenmappe „Die schönsten Männer 2020" vor. Es sind Zeichnungen aus meinen Büchern „Die geheimen Geschichten aus 1001 Nacht" Teil I und II

Ich bedanke mich bei allen die mich bisher moralisch unterstützt haben. Auch bei den vielen begeisterten Freunden auf Facebook. Und ich bedanke mich bei allen die mich zukünftig als Zeichner und Autor mit ihren Zusprüchen unterstützen. Das ist der Treibstoff der mich als Autor und Zeichner voranbringt.

Ich wünsche euch viel Freude an dieser Zeichenmappe und den Dingen die noch folgen werden.

Euer Noah

Herstellung und Verlag

BoD- Books on Demand, Norderstedt

ISDN 9783751906081

Zum Autor Noah Fakier: Noah Fakier zeichnet und schreibt von der Liebe und der Lust. Das sind Gefühle, die aus unserer Seele kommen. Die Liebe setzt große Kräfte in uns frei und lässt die Seele wachsen. Besonders dann, wenn sie mit lustvoller Glückseligkeit verbunden ist. Seine Botschaft lautet: Mit den Augen der Liebe und der Lust betrachtet sind alle Menschen schön und einzigartig. Es spielt keine Rolle, woher sie stammen, welches Geschlecht oder welches Alter sie haben.

Diese Botschaft gibt er in allen seinen Geschichten, ein zu tiefst menschliches und ehrliches Gesicht. Mit Augen, die bis in die Seele der Menschen schauen.

Weitere Informationen:

https://www.facebook.com/noah.fakier69

oder in meiner Noah Fakier Gruppe

https://www.facebook.com/groups/915590792148383/

*Mit Infos, Zeichnungen und Leseprobe***Quellennachweis:** Eine Fotografie wird von jedem Betrachter unterschiedlich wahrgenommen. Die Basis meiner Zeichnungen sind Fotografien. Wie sie auf mich wirken, wie ich sie aufnehme oder wahrnehmen möchte. Bei Porträts spielt die Liebe zum Menschen und die Ästhetik des menschlichen Körpers eine große Rolle, die ich in meinen Zeichnungen umsetzen will. Sämtliche Zeichnungen entstanden aus privaten oder lizenzfreien oder erworbenen Fotografien mit der schriftlichen Genehmigung, dass ich sie verwenden und veröffentlichen darf, wie pixabay oder shutterstock. Ähnlichkeiten mit anderen sind rein zufällig.

18 der schönsten erotischen Männerakte von Noah Fakier aus seinen Büchern : Die geheimen Geschichten aus 1001 Nacht, Teil I und II. mit kurzen Zitaten. Seine Zeichnungen hinterlassen beim Betrachter oft einen starken Eindruck. Noah Fakier zeichnet nicht nach Proportionen, die er sieht, sondern nach seinem Gefühl von Ästhetik und Ausstrahlung welches auf den Betrachter übertragen wird. So scheinen die Bilder, durch ihre ganz besondere Ausstrahlung beseelt zu sein. Lassen sie sich überraschen

Aus „Die geheimen Geschichten aus 1001 Nacht" Teil II

„…Dieser bezaubernde Jüngling, der da jeden Abend kam, hatte schwarze kurze Haare, dunkle Augenbrauen und lange Wimpern. Die darunterliegenden braunen klaren Augen strahlten verheißungsvoll. Die wohlgeformte Nase und der Mund mit den sinnlichen vollen Lippen rundeten sein hübsches Gesicht ab. Sein schmaler Hals passte sich perfekt dem schlanken und leicht muskulösen Körper an. Unter seiner Pluderhose zeichnete sich ein straffer kleiner Po ab, und von vorn ließ eine beachtliche Beule ein stattliches Glied vermuten. *Dieser Jüngling ist eine Schönheit…"*

Aus „Die geheimen Geschichten aus 1001 Nacht" Teil II

„…Am Eingang zum Wohnzimmer angelangt, sah ich Namik, der dabei war, den Frühstückstisch zu decken. Er hatte sich nur ein kurzes weißes Tuch um die Hüfte gezurrt. Anscheinend aber nicht festgenug. Es war tief nach unten gerutscht und wurde nur noch von den strammen Pobacken, die sich durch sein Hohlkreuz vom Körper abhoben, festgehalten. Da er mir den Rücken zugedreht hatte, sah ich so ein Teil seiner dunklen Spalte. Unter dem weißen, leicht durchsichtigen Tuch hoben sich die Konturen des knackigen Hinterns reizvoll ab. Als er sich bückte, um den Tisch zu decken, rutschte es noch etwas tiefer. Jetzt konnte ich den Blick nicht mehr davon abwenden. Sofort verflog meine Müdigkeit. Noch hatte er mich nicht bemerkt. Am Morgen schien die Sonne durch das Wohnzimmerfenster und ihre Strahlen reflektierten sich auf seiner glatten dunklen Haut. Dadurch hatte sich eine goldschimmernde Aura um ihn gebildet. *Wie ein Wesen von einem anderen Stern. Ich ahnte es schon lange, dass dieser schwarze Gott nicht von dieser Welt war.* Dachte ich lächelnd…"

Aus „Die geheimen Geschichten aus 1001 Nacht" Teil II

„…Auch Azmi war ein mutiger Räuber und im Bogenschießen der Beste aus der Bande. So fand er trotz dem Fehlen seiner körperlichen Kraft bei allen große Anerkennung. Aber auch seinen wendigen Körper beim Kampf bewunderten sie. Wenn er sich durch das Gras anpirschte und sich sein knackiger Hintern bei diesen Bewegungen immer wieder reizvoll öffnete, schauten sie gerne auf ihn…"

Aus „Die geheimen Geschichten aus 1001 Nacht" Teil II

„…Deshalb forderte Achmed seinen neuen Diener auf: „Zieh dein Hemd aus. Das brauchst du hier nicht." Als der seiner Aufforderung nachkam, betrachtete er ihn und war jetzt noch mehr beeindruckt. Hasan hatte muskulöse Arme und einen breiten Brustkorb. Als Achmed seinen Oberkörper ausreichend gemustert hatte, gab er ihm eine andere Hose: „Zieh jetzt die Hose an…"

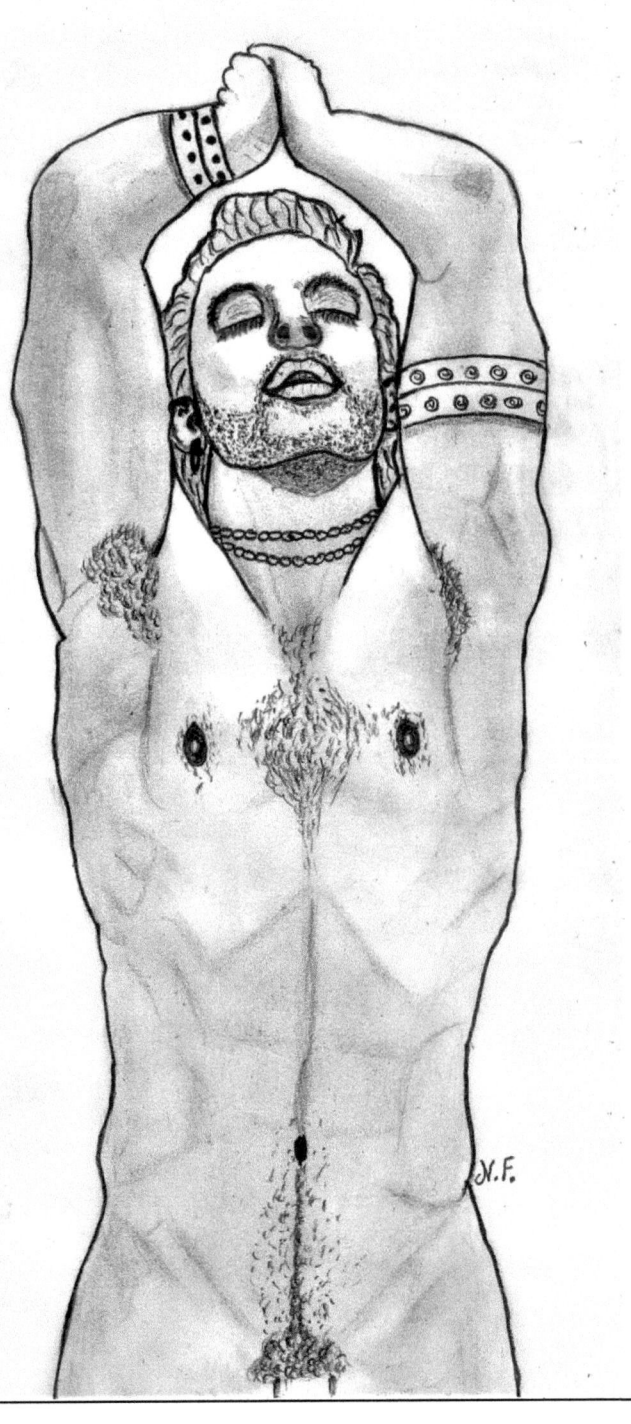

Aus „Die geheimen Geschichten aus 1001 Nacht" Teil I

„…Noch immer waren sie beide benommen und schwankten gemeinsam Arm in Arm ins Bett. Nachdem sie etwas zur Ruhe gekommen waren, betrachteten sie sich. Sie lagen verschwitzt neben einander. Beide hatten ein schönes, ebenmäßiges Gesicht, welches nach diesem Erlebnis glücklich strahlte. Als sie sich in die Augen sahen, erkannten sie eine tiefe Zuneigung und Verbundenheit für einander. Sie küssten sich gegenseitig zärtlich auf die Stirn, dann auf die Augen, die Nase und den Mund. Mit ihren Händen streichelten sie ihre glatte, ebenmäßige Haut. Sie waren noch vollkommen verzaubert von diesen wundervollen Gefühlen, die sie gerade erlebt hatten, so dass sie sich so schnell nicht loslassen wollten…

Aus „Die geheimen Geschichten aus 1001 Nacht" Teil II

„...Nach einigen Stunden kamen die Männer zurück. Sie hatten die Wagen beladen. Es waren wahrlich vier richtige Prachtexemplare. An ihrem nackten Oberkörper sah man, wie der Scheiß über ihre Muskeln lief. Das sah sehr reizvoll aus. Als sie die Wagen abgestellt hatten, zogen sie sich aus und stiegen ins Wasserbecken..."

Aus „Die geheimen Geschichten aus 1001 Nacht" Teil I

„...Obwohl er seine Kleidung gut gewählt hatte, um seinen Körper vorteilhaft zu präsentieren, verdeckte sie aber noch so viel, das ich begierig darauf war, mehr davon zu sehen. Deshalb bat ich ihn: „Zieh dich aus, damit ich dich erst einmal betrachten kann.". Schnell entledigte er sich seiner Kleidung und stand nackt vor mir. Etwas schüchtern und verlegen, aber auch herausfordernd, fragte er mich: „Gefällt es dir, was du siehst?" Was ich dort sah, war eine wahre Pracht und mir stockte für einen Moment der Atem: Diese exotische Schönheit war muskulös, hatte stramme Waden und kräftige Oberschenkel. Durch seine Abstammung hatte er eine dunkle, feinporige Haut. Sein Hohlkreuz bewirkte, dass sein straffer Hintern besonders hervorgehoben wurde. Dieser knackige Po war einfach göttlich!..."

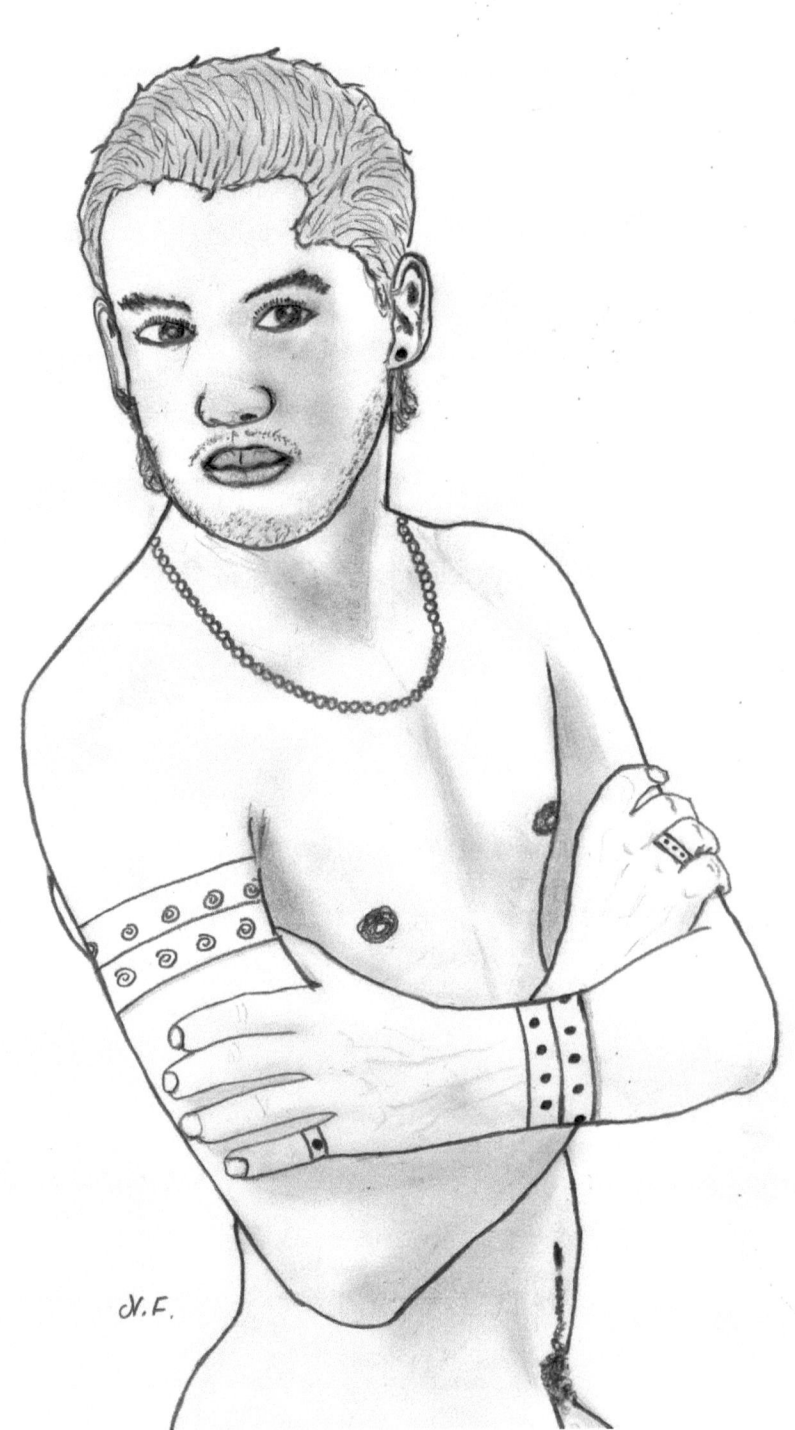

Zeichnung aus „Die geheimen Geschichten aus 1001 Nacht" Teil II

„...Ich hatte ihn erst vor kurzem in die Liebe eingeführt. Er war überreif, und platze fast vor lustvoller Energie, als er vor einigen Wochen plötzlich vor mir stand. Damals gab er mir, unmissverständlich zu verstehen, dass er darauf brannte, sich mir, in seiner unerfüllten Lust zu ergehen. Ich erlöste ihn gern aus dieser Not und stieß das Tor der Wollust in ihm auf. Dadurch entfesselte ich in ihm eine starke Sehnsucht, wie ich sie noch nie erlebt hatte. Er war ein Naturtalent, und lernte unglaublich schnell..."

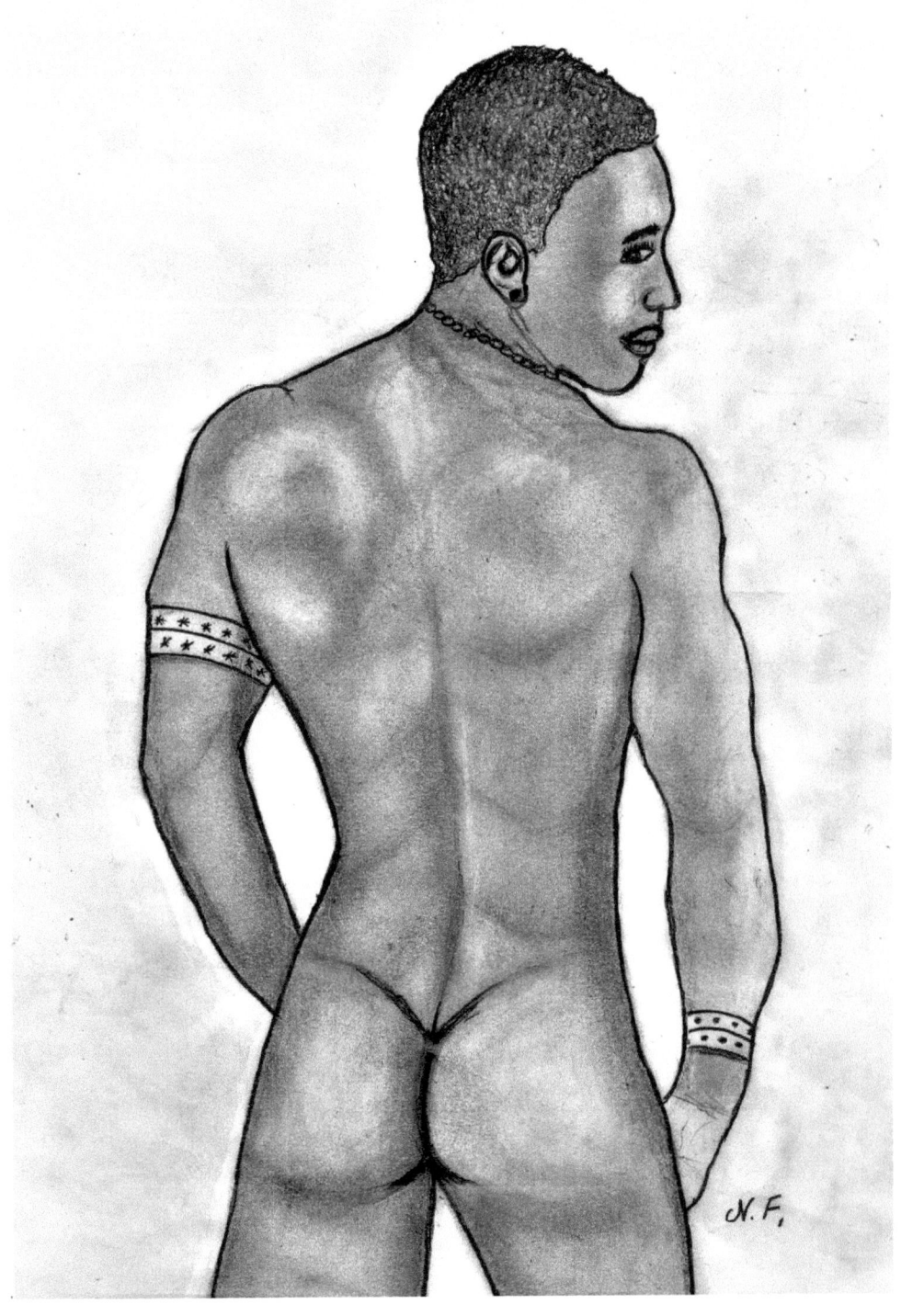

Aus „Die geheimen Geschichten aus 1001 Nacht" Teil II

„Ich sah ihm unbemerkt zu, wie er das Essen zubereitete. Sein schlanker Körper bewegte sich dabei so geschmeidig wie eine Gazelle. Seine dunkel glänzende Haut und sein straffer Po, der sich jedes Mal leicht öffnete, wenn er sich bückte, stellten meine Willenskraft auf eine harte Probe…"

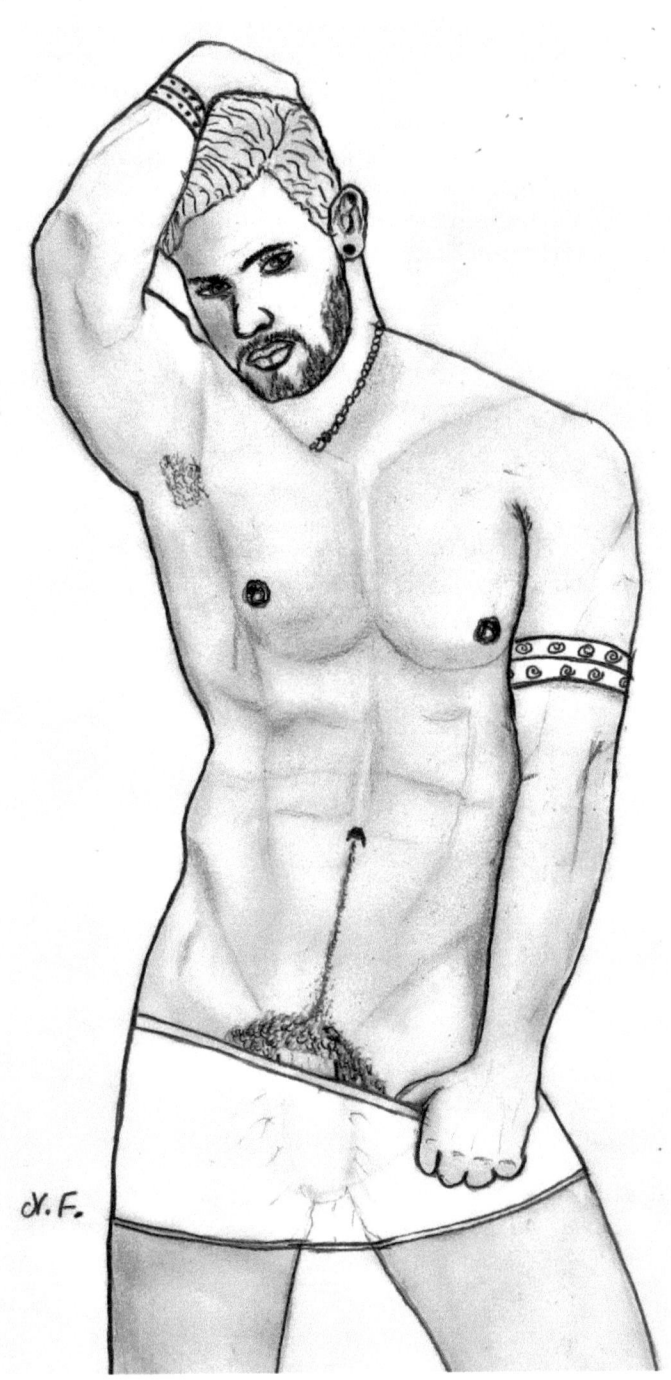

Aus „Die geheimen Geschichten aus 1001 Nacht" Teil II

„...Seit er vor einigen Wochen als mein Gast bei mir eingezogen war, kamen wir nicht mehr zur Ruhe. Vorher lebte ich viele Jahre alleine. Jetzt aber war dieser hübsche, willige Jüngling bei mir. Das entfesselte meine jahrelange angestaute Lust. Ich kam mir vor wie ein Verdurstender in der Wüste, der plötzlich auf eine Quelle mit dem klarsten und schmackhaftesten Wasser traf. Noch nie zuvor hatte ich so etwas Köstliches getrunken und konnte nun, wie im Rausch nicht mehr damit aufhören. Es war eine Quelle des Lebens, die mich in die Glückseligkeit führte. Und er war der Brunnen, aus dem sie unaufhörlich sprudelte..."

Aus „Die geheimen Geschichten aus 1001 Nacht" Teil II

„…Die Beule zwischen deinen Beinen ist ständig in Bewegung und spannt dir die Hose. Du könntest damit viele von uns glücklich machen. Komm, zeig es uns und lass deine wilde Lust raus." Für Achmed war das aber ein normaler Zustand. Er war jung und voller Saft und Kraft. Da schwoll ihn schon mal sein Glied an. Und wenn es dabei an der Hose rieb, dann zuckte es auch heftig. Das empfand er als ganz normal…
"

Aus „Die geheimen Geschichten aus 1001 Nacht" Teil II

„...Vor ihnen lag eine herrliche Zeit. Sie war voller Leidenschaft und Lust. Wenn sie alleine waren, zog es sie stets magisch zu einander. Sie hatten viel Fantasie. Dabei entdeckten sie mit der Zeit immer mehr Stellungen, die beide mit großer Freude genossen. Alles gefiel ihnen. Sie waren verrückt nacheinander und es gab nichts, was sie nicht tun würden, um den anderen in die Glückseligkeit zu führen..."

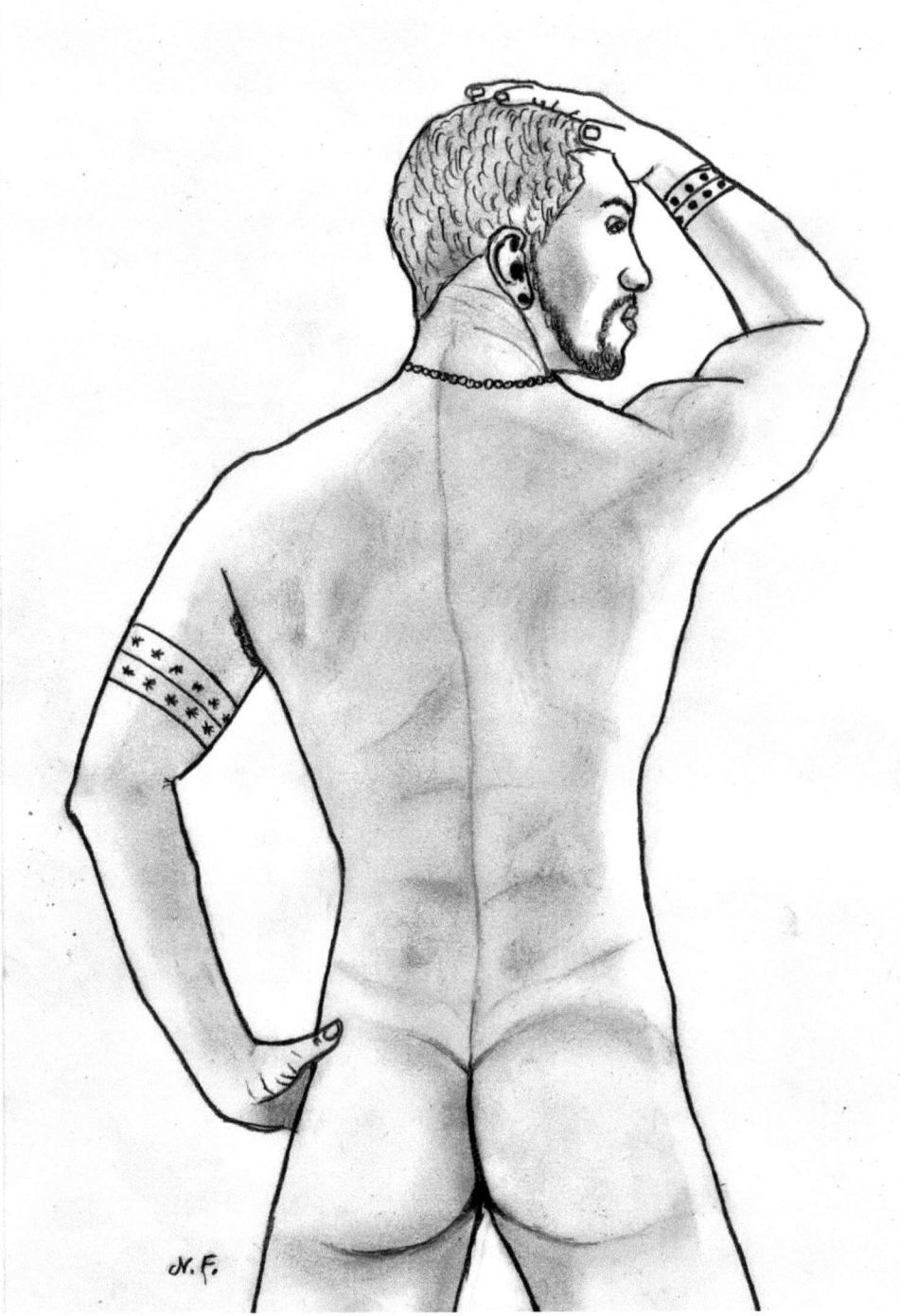

Aus „Die geheimen Geschichten aus 1001 Nacht" Teil II

„ACHMED war der Ziehsohn eines berüchtigten Räuberhauptmanns. Vor kurzen hatte er, die Führung der Räuberbande dem Sohn übergeben. Obwohl der erst 21 Jahre alt war, schaffte er es, durch seine Klugheit und Tapferkeit sehr erfolgreich zu werden. Das brachte ihn Anerkennung ein und die Räuber nahmen ihn als ihren neuen Führer gern an. Durch sein Räuberhandwerk war er zu einem kräftigen junger Mann herangewachsen und wurde auch deshalb von vielen bewundert."

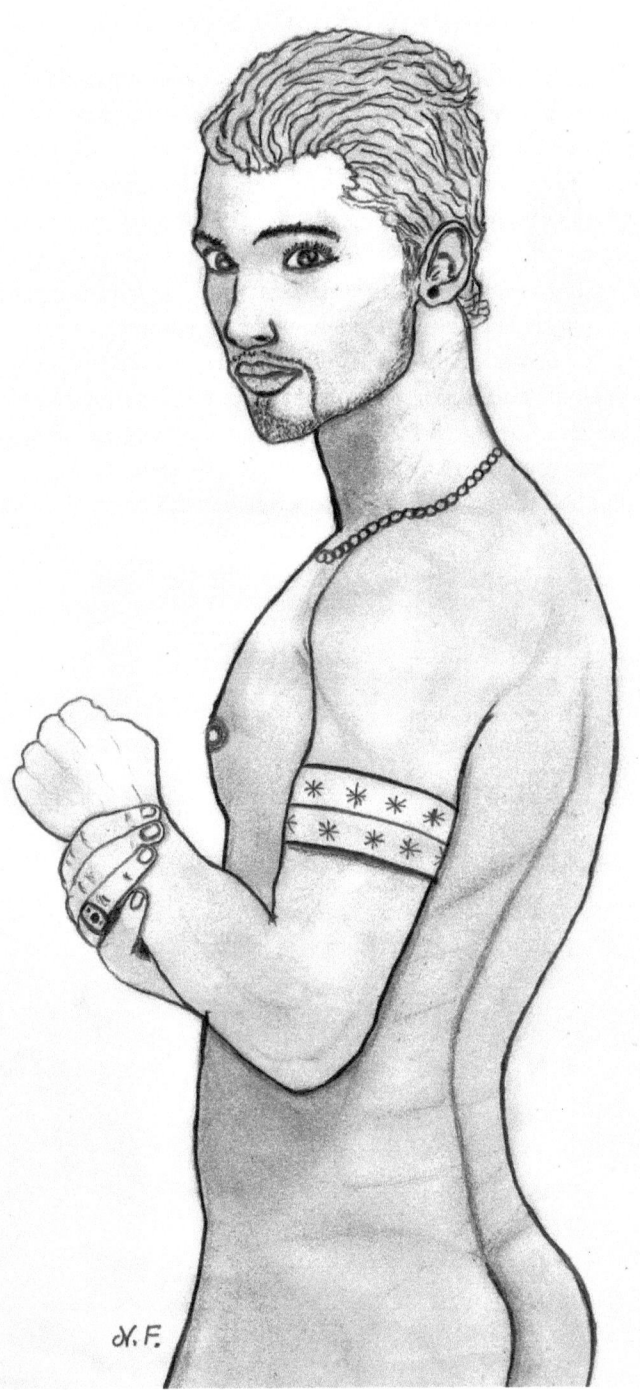

Aus „Die geheimen Geschichten aus 1001 Nacht" Teil I

„…Verschlafen tapste ich am frühen Morgen nackt durch das Haus. Irgendetwas war heute anders als sonst. Da ich nicht feststellen konnte, was es war, wollte ich erst einmal draußen nachsehen. Es regnete seit 3 Monaten und das schlug mir aufs Gemüt. Vielleicht wurde ich ja langsam spleenig und bildet mir nur etwas ein. Als ich die Tür nach draußen öffnete, strahlte mir die Sonne entgegen. Ich atmete erleichtert auf. Die Regenzeit war endlich vorbei. *Aha, das war es also, was mich so verwirrt hatte. Ich hörte am Morgen das Plätschern des Regens nicht mehr.* Schnell zog ich mich an, kochte Tee und schnappte mir die Wasserpfeife. Danach setzte ich mich vor mein Haus und genoss die ersten warmen Sonnenstrahlen. Dabei hörte ich das aufgeregte Zwitschern der ersten Vögel, die zum Liebesreigen riefen. Plötzlich zauberte sich ein breites Lächeln in mein Gesicht. Denn ich fühlte, wie diese neue Lebenskraft jetzt auch mit aller Macht zwischen meinen Lenden aufstieg. Ich spreizte die Beine, legte mich genussvoll zurück, und ließ mich von den lustvollen Schauer, der mich dabei erfasste, treiben…"

Aus „Die geheimen Geschichten aus 1001 Nacht" Teil II

„…Als sie wahrnahmen, wie die Beule in seiner Hose beachtlich anstieg, baten sie ihn:
„Zieh dich aus. Wir werden dich gern verwöhnen, so lange bis deine große Lust
gestillt ist." Endlich wurde sein heimliches Flehen erhört. Sein ganzer Körper war in
Hochspannung und sein Glied hatte seine prachtvolle Größe erreicht. „Gerne lasse
ich mich von euch verwöhnen." Sagte Amir. Schnell zog er sich aus und stellte sich
mitten ins Zimmer…"

Aus „Die geheimen Geschichten aus 1001 Nacht" Teil II

„…Sie erklärten ihm danach: „In unserem Reich gibt es keine Unterschiede in der Liebe. Es können dort Männer und Frauen zusammenleben, aber auch nur Männer oder nur Frauen. Es gibt keine große Hochzeit, wenn sich zwei Menschen entschließen zusammenzuleben. Sie müsse es auch nicht ein ganzes Leben lang tun. Manchmal trennen sie sich wieder und suchen sich einen anderen Partner. Oder sie entschließen sich, in eine Gruppe von Männern und Frauen zu gehen. Auch diese Art des Zusammenseins ist sehr beliebt. So muss sich keiner auf ein Geschlecht festlegen und kann sich nach Herzenslust je nach Laune vergnügen. Und alle freuen sich darüber, wenn danach der erlebte Zauber der Lust aus ihren Gesichtern strahlt.

Die zentrale Rolle in unserem sozialen Zusammensein spielen aber die Kinder, um die wir uns alle liebevoll kümmern. Jedes Kind im Land wird von uns wie das eigene behandelt. Sie kennen keinen Hunger und keine Sorgen, egal woher sie stammen. Sie sind alle gleich und können sich nach ihren Interessen und Talenten frei entwickeln. Deshalb gibt es unter ihnen keinen Neid. Sie sind sich untereinander inniglich verbunden…"

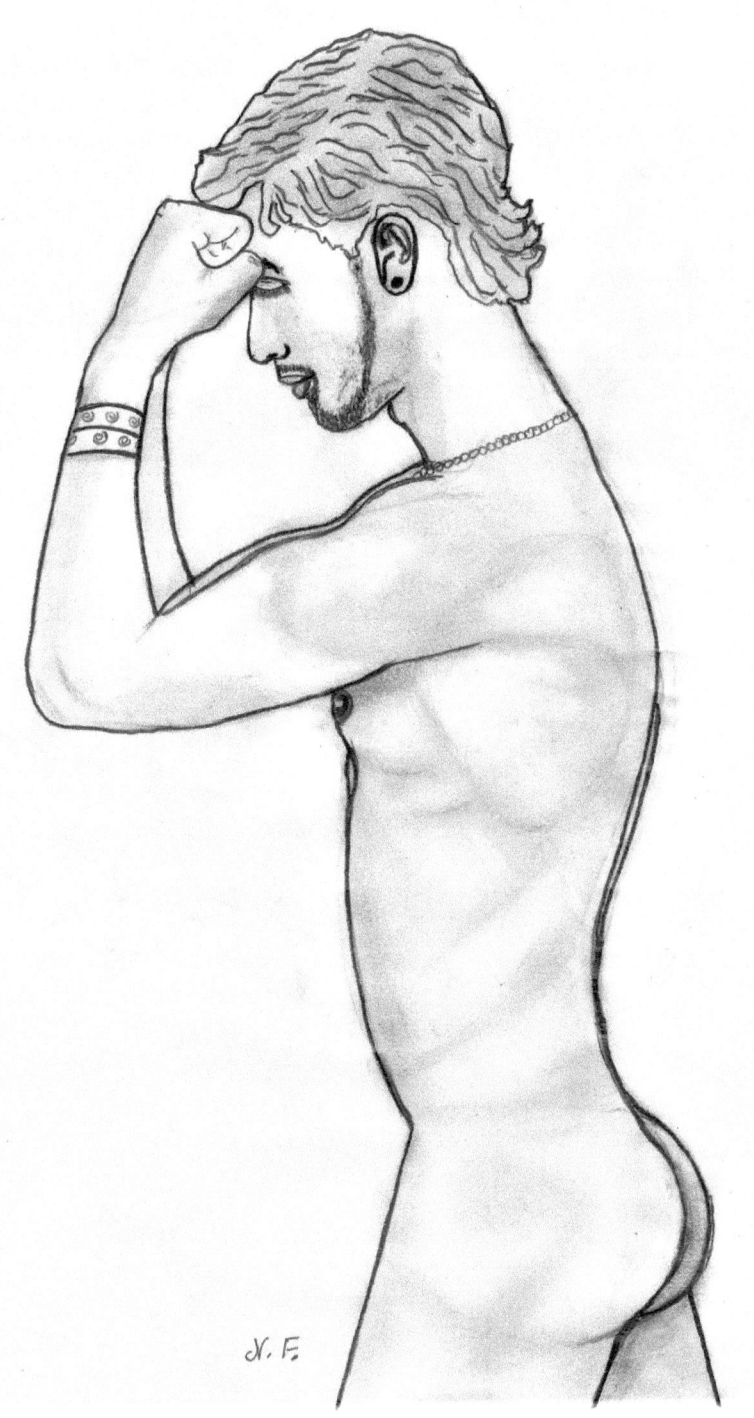

Aus „Die geheimen Geschichten aus 1001 Nacht" Teil I

„...Er stieg mit einem kräftigen Schwung vom Pferd. Dabei straffte sich seine Pluderhose und ich nahm die Konturen eines strammen, muskulösen Hinterteils wahr. Leicht breitbeinig und schwungvoll bewegte er sich zu mir. So einen Schritt kannte ich. Die hatte nur ein Jüngling in der Zeit seiner unerfüllten Lust. Es war ein sicheres Zeichen für eine gewaltige Energie zwischen seinen Beinen, die danach strebte, freigesetzt zu werden. Ich saß auf dem Stuhl und als er vor mir stand, sah ich unmittelbar in der Höhe meines Blickfeldes die auffällige große Beule an seiner Hose. Selbst die Lage seines erstaunlich großen, ruhenden Gliedes, war deutlich zu erkennen. *Hatte ich einen Tagtraum?...* "

Aus „Die geheimen Geschichten aus 1001 Nacht" Teil I

„…Auch er konnte bald nicht genug davon bekommen. Das verschaffte ihnen so manche schlaflose Nacht, denn es genügte beiden in ihrer zügellosen Lust oft nicht, nur einmal dieses große Vergnügen zu erleben.

In den ungestörten Nächten wollten sie jede Gelegenheit dazu nutzen. An Schlaf war da nicht zu denken. Diese fantastischen Gefühle waren neu für sie und unbegreiflich schön. Sie fühlten sich ihnen hilflos ausgeliefert und konnten sie nicht beherrschen. Und warum sollten sie auch…"

Buchempfehlungen

Noah Fakier
Die Geschichten aus 1001 Nacht Teil I

Eines Tages bekam Nadim von einem jungen Mann Besuch. Der hieß Namik und bat ihn, die geheimen Geschichten aus 1001 Nacht zu erzählen. Er war ein Schreiber und wollte sie aufschreiben, damit viele Menschen von ihnen erfahren. Nadim bot ihm seine Gastfreundschaft an. So wohnte er in dieser Zeit bei ihm. Als erfahrender Mann führte er bald den sehr neugierigen Jüngling in die für ihn aufregenden lustvollen Spiele ein. Dabei erzählte er seine Geschichten über die Freundschaft und Liebe unter jungen Männern im alten Orient. So wie sie damals üblich waren. Es sind Geschichten voller lustvoller Erlebnisse, wie sie nun mal Jünglinge erleben. Aber auch von der Liebe, von Liebeskummer, Abenteuer und Dramatik.

Es gibt viele Gedichte aus dieser Zeit, die von der Liebe zwischen Jünglingen und Männern im alten Orient erzählen. Die waren Inspiration für den Autor, es in Geschichten zufassen. So entstanden die geheimen Geschichten aus 1001 Nacht. Dabei gab er ihnen ein zu tiefst menschliches und ehrliches Gesicht. Mit Augen die bis in die Seele schauen. Es enthält 24 Zeichnungen. Damit sie besser zur Geltung kommen, wurde das Buchformat 15,5 x 22cm gewählt.
Erhältlich in allen Buchhandlungen ISDN 9783750481732

Noah Fakier
Die geheimen Geschichten aus 1001 Nacht Teil II

Aufregende erotische Abenteuer aus dem alten Orient. Jünglinge leben ihre starken, angestauten Lüste mit unbändiger Freude untereinander aus. Ein Buch über Freundschaft, Liebe, Verführung und Abenteuer.

Geschrieben und mit 22 Zeichnungen bereichert. Jedes dieser Zeichnungen ist ganzseitig gedruckt und beflügelt zusätzlich deine Fantasie. Erhältlich in allen Buchhandlungen ISDN 97383744809092

Noah Fakier, Lutz Knoche

Lust und Emotionen: Bisexuelle Erzählungen und Ratgeber

mit 27 Miniaturzeichnungen

In vielen von uns wohnt das tiefe Bedürfnis der sexuellen Vielfalt. Dazu gehören auch polygame und bisexuelle Fantasien. Sie sind ein Produkt der Evolution. Das betrifft Männer wie Frauen. In ihren erotischen Erzählungen beleuchtet der Autor Noah Fakier unterhaltsam und vorurteilsfrei ein großes Spektrum der Sexualität. Sie tragen damit zu einem höheren Verständnis- und Erkenntnisprozess bei. In Prologen gibt Lutz Knoche Hinweise zu dem Thema Bisexualität in der heutigen Zeit. Während Noah Fakier erotische Geschichten dazu vorstellt, und bereichert dabei mit 27 Miniaturzeichnungen dieses außergewöhnliche Buch. Erhältlich in allen Buchhandlungen, unter ISDN 9783750411906

Noah Fakier

Zeichenmappe „Der Liebesreigen" zum Buch Lust und Emotionen

Mit 18 Zeichnungen

Erotische Zeichnungen über die wunderbare Vielfalt der Liebe. Die Darstellung der körperlichen Liebe wird hier nicht pornographisch, aber in seiner ganzen aufregenden und natürlichen Schönheit dargestellt.Die Zeichnungen werden hochwertig auf 200g Papier im Brillantdruck und in einem Ringhefter für den deutschen Sammler angeboten. Eine Qualität die sich lohnt. Jede Zeichnung kann auch einzeln herausgetrennt werden. Dazu gibt es noch aus organisatorischen Gründen eine zweite Variante, hauptsächlich für den ausländischen Markt, auf 90g Papier im Brillantdruck in gebundener Form. Die natürlich auch in Deutschland erhältlich ist. Dahin gelangen sie indem sie auf Noah Fakier anklicken. Die beste Präsentation findest du auf:https://www.bod.de/buchshop/zeichen-mappe-sign-solution-der-liebesreigen-noah-fakier-9783749497690

Bilder aus der Zeichenmappe „Der Liebesreigen" –Auszug-
Bilder zum raustrennen, auch für den Bilderrahmen.
18 Geschenke für jeden nach seinen Geschmack

Dr. Lutz Knoche

„EROS- 300.000 Jahre Evolutions- Geschichte"

-Ein Aufklärungsbuch des 21. Jahrhunderts-

Das Buch vermittelt Ihnen ein tieferes Verständnis über ihre eigenen sexuellen Wünschen und Träumen, und warum sie oft nicht in Erfüllung gehen.
Wie entwickelte sich das menschliche Verhalte zum Sex im Laufe der Entwicklung? Wie wurde es beeinflusst und wie wirkt es sich heute auf unser Sexleben aus? EROS beschreibt die gesamte sexuelle Entwicklung der Menschen in allen Zeitepochen. Und zeigt auf, dass Sex fast 300.000 nicht nur wichtig zur Fortpflanzung war, sondern, dass es den sozialen Zusammenhalt förderte. Zwischen den Geschlechtern und mit dem gleichen Geschlecht. Und auch nicht in einer lebenslangen monogamen Ehe. Erst vor 2000 bis 3000 Jahren wurden das und vieles andere verboten und verteufelt. Daraus entwickelte sich Eifersucht, Neid, Egoismus, aber auch soziale Vereinsamung und sexuelle Unzufriedenheit, die häufiger als wir denken fatale Nebenwirkungen haben. Für mich ist es ein Buch, das jeder Mensch lesen sollte.
Eine spannende Geschichtsstunde über die sexuelle Entwicklung des Menschen. Es erklärt logisch und verständlich, wo wir heute stehen und welche enormen Möglichkeiten wir noch haben.
Dr. Lutz Knoche gibt Ratschläge und stellt Praxis erprobte Methoden vor, wie Sie Ihre sexuelle Erfüllung steigern können, unabhängig von Ihrem Alter und Ihren Orientierungen.

Erhältlich in allen Buchhandlungen unter ISDN: 9783749480111